KB220763

시인의 숲

시인의 숲

2025년 5월 16일 초판 1쇄 인쇄 발행

지 은 이 ㅣ 김영업
펴 낸 이 ㅣ 박종래
펴 낸 곳 ㅣ 도서출판 명성서림

등록번호 ㅣ 301-2014-013
주   소 ㅣ 04625 서울시 중구 필동로 6 (2, 3층)
대표전화 ㅣ 02)2277-2800
팩   스 ㅣ 02)2277-8945
이 메 일 ㅣ msprint8944@naver.com

값 10,000원
ISBN 979-11-94200-93-2

시인의 숲

김영업 제4시집

상처로 남은 과거를 떠올리며

글을 쓰는 사람이라면 문학에 대해 인정받기를 원한다. 그동안 시간을 잊고 처절했던 고통 속에서 인생의 고뇌를 감내해야 했고, 인생살이 고달픔을 노래했으며 생의 근원에 대한 서정적인 자아를 통해서 근대성과 사회성을 표출하기도 했다. 또한 불행했던 젊은 시절 과거의 역사를 극복하고 죽음과 피로 얼룩진 동족상잔同族相殘의 비극 5.18을 참여하고 겪었기에 그를 노래했으며 현란한 체험을 저절로 획득돼 어쩔 수 없기에 살벌했던 시간을 열망하는 시적 자아를 표출하기도 했다.

여행을 좋아해서 남미 여행을 통해 새로운 시간을 불러 모으면서 낯선 곳에 다다르는 순간 익숙하지 않은 환경에 감탄과 당혹감 머릿속에 떠오르는 감정이나 관념들 사이에 상관관계가 요구하듯 갑작스러운 새로운 작품과 영감을 남기고 사라진다. 남미에는 기독교 역사가 깊고 잉카문명과 마야문명을 경험하며 공상에 잠겨 하늘과 별 달과 해 기원전의 인간 세계를 경험하며 그들의 살아가는 지혜를 노래해 보기도 했다

44년 전 광주의 비극에서 나(김 영업)는 누구입니까? 평생 화두로 남아 있을 것 같은 5.18의 음해에서 나온 제목인데 숙제 같은 내 마음의 조각들은 모아 보기도 했다. 나를 알면 익히 모든 일에 걸림이 없는 것 같습니다만, 진정 나는 아는 것일까요? 저도 나를 돌아봐집니다.

　어느 시인은 자연을 통해 아름다운 꽃 한 송이를 보고 그 꽃으로 인해서 내 삶을 위안받는다는 것을 가장 고통스러운 일이라고 시인은 말한다. 그러나 예전에는 시는 우리 영혼의 양식이라 생각했다. 그래서 나는 시를 통해서 아프고 고통스러웠던 기억 처절하게 후회했던 기억 상처받았던 기억, 이 많은 경험을 이해하고 관계를 형성하고 가치 있는 삶을 살고 있다. 앞으로도 내 인생을 노래하며 모든 걸 잊고 살아갈 작정이다.

2025년 5월 봄
김 영업 씀

차 례

제1부 시인의 숲

제2부 참새와 허수아비

제3부 너를 보내면서

제4부 겨울 노래

글을 작성하면서 naver와 daum, Facebook, 블로그 그리고, 영화 『'26년'의 테러리스트 심미진, 역사학도 연구자료』에서 검출하였다.

김 영업은 누구인가! (봉선화 22.02.21.193)
김 영업 씨에 대하여 명확히 공개해주세요. 이 사람은 518 광주사태 중요 인물임에도 5.18 책자나 인터넷 어디에도 찾아볼 수 없으니 의문스럽다. 5.18 당시 중요 인물들은 잡혀가면 사형. 아니면 무기징역이었으니 삼청교육대 길을! 김 영업 씨는 생존 인물이며 서울에서 사는 것 같다. 계간 『미래 시학』 시인으로서 활동 중이다

1부

———

시인의 숲

김영업은 누구인가?

톡 던진 숙제 같은 명제 내 가슴속 깊이 들어온 감정 거리를 두고 보고 있다. 봉선화. 장 여사. 김 대령님은 내 모습을 보고 계실까요? 온갖 상념을 몰고 오는 계절 오월은 다가오고 있네요. 생동하는 봄이지만 슬픈 계절이니 사색이 짙어집니다.

김 영업은 누구인가?

원초적인 질문에 입이 탁 막힙니다. 저도 아직 찾고 있는 마음의 숙제이자 수행입니다. 죄 없는 마음 피해만 보고 있네요. 무슨 의미인지 세월은 늘 혼자랍니다. 그러나 곁에는 극단주의자들이 44년이 지났는데 쫓아오는 군상들이 지금도 매달려 있습니다.

음해가 숙명인지 유튜버가 생명인지 댓글이 직업인지 음해가 철학인지 병도 여러 가지다.

참으로 묘한 삶 살아가고 있다. 이 시간까지도 따라다니고 있으니 내 마음 조각들을 모아 놓고 숙제로 남기렵니다. 진정 당신들이 나를 아는 걸까요?

김 영업은 누구인가? 평생 화두입니다. 그 명제가 지금 광주 5·18 민주화 심의 위원회에 있습니다.

5월의 기억

인생에 있어 중요한 것은 지혜와 용기이며 반추反芻의 능력이 있기 때문입니다. 지금쯤 전남 도청 로터리는 어떻게 변해 있을까? 푸른 5월 코끝을 적시는 라일락 향과 금남로 거리는 그대로이겠지.

나는 영혼이 잠들어 있는 그것같이 조용히 살고 있다 지금도 나를 음해하는 자는 광주의 비밀을 간직하고 있다고 주장하고 있다. 그러나 그것은 위험한 음해이다. 김대령님. 그리고 장 여사님. 봉선화 님. 나를 음해하는 당신들은 미래까지도 부정적인 영향을 받을 것입니다. 괴로운 칼날을 부딪쳐 본 일이 없다면 내 삶의 괴로움을 저주誀呪하지 마라.

우리에게 많은 것을 빼앗아 간 5.18은 수많은 사상자의 아픔을 가져왔다. 그 속에 이미 살아온 내 삶이 아쉬울 수밖에 없는 이유는 다시 재현될 수 없는 일이기에 5월의 기억은 시련이란 불청객을 피할 수 없다. 눈물도 많이 흘렸건만 지금까지 육체는 고장 난 부분을 고쳐가며 여기까지 왔다. 당신들이 고백하라고 주장하는 나의 음해는 친북 좌파 간첩이 아님을 국민 앞에 부끄럼 없이 솔직하게 말씀드리며, 자유와 인권을 위해 목숨을 걸었다.

당신들의 주장대로 나의 이름 세자가 유네스코에 등재되었다니 나는 광주 민주화에 일조함을 자랑스럽게 생각한다.

꿈도 사랑도 마음이 시킨다

구름 낮게 드리운 날
부둣가
어스름한 저녁 빛
낡은 통통 배 잔물결에
반짝이는 윤슬

살포시 숨어
내 맘속에서 반짝인다
풍경 흔드는 윤슬은
나의 영감이자 표현이다

꿈도 사랑도 가슴이 시키는 만큼
윤슬은 애련에 파고들어
내 맘에 다시 태어나
타죽은 나무가
내 맘속에 자란다

태초의 빛의 산란처럼--

* 윤슬 : 햇빛이나 달빛에 비치어 반짝이는 잔물결

당신과 나

나는 당신이
행복해할 때
나는 詩가 자랍니다

그러나
더 좋은 것은
당신 땜에 꽃도 피고
그 속에서 시어도 자랍니다

다른 사람이 옆에서
부러워할 때
우리는
사랑으로 익어갑니다

자유란 무엇일까요?

자유란
누가 속박하지 않아도
스스로 헤어나지 못하는 무거운 짐이다
소유욕의 다툼으로
내 몸 망가지는 줄도 모르고
땅만 보고 여기까지 달려온 인생
또 잔혹하고 더러운 권력이
포고령을 내린다

나는
아직도 자유를 꿈꾼다
자유가 언제쯤 올는지
하지만 지금, 이 순간
자유를 찾지 못하면
자유는 내 것이 아니다
그 넉넉한 평화
자유는 빛이요
자유는 걸림 없는 바람이다

자유는 막힘없이 흘러가는 강물이며
바로 자연과 한뜻 되는 활력소입니다
미련의 무게도 대단하더이다
이젠 육신도 지쳤습니다
진정한 자유는 만족인가요?

아니면 감사인가요?
모두 벗어 던지고 훨훨 떠날 날이
언제쯤이나 다가올는지 기다려지면서도
그날이 내일이면 어쩌나

나 아직 다하지 못한 일이 있는데
당장 오지 말기를
더 늦기 전에 마음 한편 비우고
자유를 만 킥하며 살아야겠다는
생각도 해 봅니다
자유란 빈손으로 갈 때가
평화로운 것을

자꾸 가을이 가시려 합니다

내 삶의 뒤안길에
곱게 물든 단풍잎이
살랑이는 갈바람에
붉은 마음 다잡고
어디론가 떠나고 싶어 합니다

글처럼 아름다운 행복
오래도록 나누고 싶은데
선택된 운명이지만
가슴 깊이
물들어 가는 그 길
노을 진 저 거리를 가시려 합니까?

가는 잎 새 줄기에 새겨진
이쁜 그 마음
내게 나눠 주시지
굽이굽이 서린 발자국 남기고
자꾸 어디론가 가시려 합니까?

한 해의 내 가을 그림자
또 언제 오시렵니까?
귀뚜라미 울음소리 따라
기다리는 마음
발만 동동거립니다

5월이여!

그리움의 실체를 그려 본다
눈부신 신록을 신고
세월이 하나씩 떨어진다
얼마나 살아야 잊히고
지워질까?
5월의 피를

5월은
내 젊은 날의 표상
늘 내 몸에는 감기, 몸살 같은
5월의 악몽이
슬픈 그리움으로 남는다

5월의 투쟁은
생존과 자유
그리고 인권이었고
청춘을 바친
미래 세대를 위한
우리의 의무였다

이별

떨어지는 낙엽을
너무 그리워 마라
이별은 계절이 오면
낙엽도 세상이 싫어
가는 것이다
보고 싶으면 다시 올 게다

정 때문에
그리워하지 말고
떠나는 길을 막지 말라
그리움도
너무 깊으면 우울증이 되듯이
가버린 날들을 생각 마라
상상 속 키스처럼 잊어라

죽음은 눈빛으로 부수듯
기억하지 말라
모든 길 차단하고
나 이제 가노라
서러움도 모두 버리고
나 이제 가노라

용감한 당신

용감하게
당신은 내게 행복을 주는
사람이라 말하고 싶다
지금껏
사연 많은 세상에서 살았지만
욕심 없이 살았고
후회하면서도 후회를 승하시켜
행복을 찾았으니까요

그동안 우리 단맛 쓴맛
식감은 눈과 귀로 듣고 보며
오감을 느꼈잖아요?
그 맘이 오롯이
또 그 맘으로 이어 갔으면 합니다

이번 한 달간의 나의 남미 여행
더러 속상한 일이 있어도
우리 그러느니 하면서
큰 울림으로 생각하고
차분한 맘으로 안아 줍시다

여보
사랑합니다

유혹

나를 구속한 오월
나에게 팔찌를 채운 자연
나는 너를 채우고
나는 너에게 유혹되었다

골목길 어귀에
하얀 민들레
나비들이 모여
나빌레라 춤을 춘다

모래알처럼 올올이
새긴 연둣빛 사연
파도처럼 밀려오는
하얀 그리움

아무도 들출 수 없는
삶에서 시린 흔적들
지금도 알알이 맺혀
가슴에 서리서리 삭이지만

구원의 유혹에 끌려
거칠고 험한 삶도
마다하지 않던
십자가의 교차점처럼

아……
세상은 유혹 천지로구나

* 나빌레라 : 사전에 없는 단어다. 나빌레라는 뜻은 자세히 알아보면 좋아하는 사
  람한테 나비가 되어 날아가고 싶다는 의미다.

남미 크루즈 여행 중에서

망망대해 항해하며 밤을 새우고
크루즈 발코니 창문을 열어보니
바람은 친구들의 안부를 부르고
말없이 건네주는 무언의 응원

스위트 룸 창밖에는
이름 모르는 새가 전해주는
친구의 소중한 안부
곱게 접어 가슴에 담는다

친구들아

따스한 마음으로 감싸주고
부드러운 마음으로
하루를 곱게 포장하여
즐거움을 가득 담아 주렴

그리고 친구들도
늘 건강 잘 챙기고
즐겁고 행복한 시간을
만들어 가는 거 잊지 말아라

우리 두 친구(홍·배) 마음과
행복 속의 크루즈에서 탁구 게임으로
하루를 보내며
즐겁게 항해 중이다

* 남미 31일간 크루즈 여행 중에

새 생명이 오는 소리

양지바른 언덕에 옹기종기 모여
하품하며 기지개 켜는 모습들
앙가슴 헤집는
매서운 꽃샘바람 속에서도
앞서거니
뒤서거니
생존의 삶을 걸어간다

언젠가
삶이 어려울 때
새겨놓은 그 자리엔
짧디짧은 햇살과 함께
봄의 노래가
모락모락 피어나
아지랑이처럼
희망을 노래하고

새 생명들
영화 속의 주인공이 되어
여기저기
소복이 쌓인 낙엽 더미 속에
미물들이 사부작사부작
언제나처럼 설래임 안고
경이롭게 속삭이고 있다

사랑하는 누나야

인고의 시간이 아픔이 되어
견디지 못해
이렇게 변하셨나요
가슴이 아픔이다

그렇게도 고왔던 얼굴
묵혀 숙성되어서인지
자꾸만 과거를 되새기며
늘어놓는 헛소리

누나야!

삶은 사랑입니다
동생을 순수한 사랑으로 품어주신 마음
남아 있기 때문인 줄 이해합니다
그러니 청파聽罷에 묻혀서는 안 됩니다

마음에 송골송골 맺혀있는 그리움
허공으로 메아리쳐 가는
그리움도 모두 사랑입니다
보고픔은 더더욱 진한 사랑입니다

누나야

봄이 오고 꽃이 피니 어머니 보고 싶지요
언젠가는 다 세월 속으로 사라질 육신!

그래도 아직은 손자를 위해
마음을 다듬고 사셔야 합니다

* 청파(聽罷) : 듣기를 마침
* 큰누나가 요양원으로 가시던 날

한배 탄 인연

실로 우리는 오래된 인연이다
세월이 흘러 육십 년 지기다
이 순간도 우리는 남미를 횡단 중이다
인생이란 먼 길을 항해하면서
인생의 인연 고리를 이어가고 있다

영국령 땅끝 포클랜드에서
아르헨티나 우수아이아를 거쳐
칠레 푼타아레나스로 흘러
언제까지라도 잊히지 않는
인연이길 바라면서
즐거운 세상 흘러간다

친구의 인연으로 처음 타본 크루즈
넘실대는 파도에 의지하며
깊은 고마움 속에
인연의 배는 푸에르토몬트를 향해 흘러간다

오늘은 태평양의 하늬바람
내일은 마파람
가고 또 가고 보면
우정의 그 바람 안고
함께 가는 친구 있어 외롭지 않다

(2023년 3월 18일 남미 여행 중에서)

비밀의 공중도시

비밀의 공중도시
산비탈 돌고 돌아 하늘을 굽어보며
7세기 전 석조 공중도시는
미스터리 속에
지금까지 장엄하게 서 있다

고귀한 자연의 향기
넘치는 기상으로 수백 년을
변함없이 세상을 지키면서
다채로운 행렬을 이뤄놓는다

오랜 세월 수수께끼 속에 쌓여있는
잉카문명의 진수
사각 모양의 계단식 논
짙고 짙은 흙냄새
운해에 넘실대는 투명한 그림자
고귀한 자연의 향기 가슴에 담아본다

가장 척박한 땅에서
의연히 버티고 서있는
불가사의한 잉카문명
입이 다물어지지 않은 마추픽추
석사는 말로 표현할 수 없다

건곤乾坤의 기운으로 생명의 손을 잡고
너무나 크나큰 믿음과 수천 년의 바위
비바람에도 무너지지 않는 침묵
지나가는 운해를 바라보며
나의 마음을 남겨 둔 채

낯선 그림자에 이별을 고하고
멀어져가는 공중도시
숲과 물은 아마존으로
말없이 유유히 흐른다

* 건곤(乾坤) : 하늘과 땅을 아울러 이르는 말

시인의 숲

봄의 시작과 함께
나는 시를 쓴다
숨어있던 시어들이
숲을 찾는다
그래서 시인의 방은 숲이다

그 작은 숲에서
슬픈 마음 다 떠나보내고
길 따라 향기 따라
이정표 없는 길을
조용히 걷는다

힘들면
숲에 가서 말을 붙들고
오손도손 이야기하고
기쁘면
손잡고 길을 따라
나는 시를 노래한다

비 오는 날엔
추억 삼아 가슴 고이 새겨둔
작은 숲에서
하나하나 꺼내어
가슴에 모아 본다

세상에서 가장 아름다운 사람

세상에서 가장 아름다운 사람은
나와 함께 한 이불속 사람입니다
운명은 얼마나 끈끈한
액체일 줄 모르지만
우리 집 군자란은 베란다에서 피었습니다

해마다 갱신되어 가는 육신
달빛에 포란[抱卵]처럼
월 훈에 가려져
수수께끼 속에 쌓여
세월을 배불리 먹고 있습니다

고집 세게 살아온 나
나는 당신을 위해
잠들지 않은
심해의 탑을 안고
열리는 심장으로 들어가렵니다

애상愛賞에 잠긴 인생

애상에 잠긴 인생
혼탁한 맘 되돌리면
알차게 잘 영근 밤톨 같은
사랑하나 맺힐까?

산허리에 걸터앉은
화려한 풍경
떠남도 사랑해야
봄도 더욱 고울 텐데

청하의 자연과
하나 되는 길에서
알토란 같은 사랑 하나
맺어주고 갔으면……

* 애상(愛賞) : 풍경이나 예술 작품을 사랑하고 칭찬함
* 알토란 : 부실한데 없이 속이 꽉 차고 단단하다

돌이라는 그대

마야의 문명은
삶의 놀라운 신비요
영원한 소유물이다
거대 피라미드
돌이라는 그대가 있어
유물로 남아 있다

천문학을 통달한 마야인
틈새조차도 보이지 않은
돌이라는 그대
피라미드
달과 태양뿐만 아니라
금성 주기도 추적한 마야인

치첸이트사 피라미드는
사면 계단이 91 x 4
최상 한 계단을 합하면
일 년 365일이다
마야의 달력은 돌에 기록되어 있다

춘분과 추분 정확하며
숫자는 0에서부터 시작한다
기원전 마야의 문명은
돌이라는 그대가 있어
남아 있는 유일한 기록이다
공든 탑이 무너지랴
우리의 속담도
한몫하고 있더이다

우정

얼마 전 고등학교 동창들과
안면도에 갔다
하늘이 파란색이다
그래서인가
바다도 파란색이다
수평선 저 멀리
바다와 하늘이 맞닿아 있다
우리 사이도 맞닿으면
사랑보다 더 강한
우정이 되겠지

가을 속으로

낙엽이여!
잘 익은 홍시처럼
시 한 모금 머금고
네가 걸어온 일기장을 보며
먼 길 떠날
나는 나를 쓰는 것이다

하늘과 바다

수많은 별 중
바다가 있는 별은 지구뿐이다
바다는 하늘과 닮았다
마음속 풍경
그리움이 출렁이는
외로운 바다

깊고 여울진 너의 마음 밭에
한없이 빠져본다
푸른 바다는 늘 그립고
오랑캐는 아무리 먹어도
없어지지 않은 달

그달이 바다를 움직일 때
달은 구름 속으로
지느러미 없이
미지의 나라로 헤엄쳐간다

그 바다는
사랑하는 사람과 백사장을 걸으며
밀어를 즐기게 하고
그래서인가
하늘과 바다는 맞닿아 있다

5월 그날

문신처럼 지울 수 없는
5월의 그 날
이팝꽃 함성소리로 다가온다

한마음으로
탐스럽게 하얗게 피어났듯이
해마다 오월이 오면
그날의 기억들이
지금도 금남로에서는 파노라마처럼 펼쳐진다

부르르 떨려오는 분노
참고 가기엔
내 삶 속에 악몽의 강이 흐르는데
망월동의 영혼들은 온전하겠는가?

이젠 남은 것은 가슴의 상처뿐
그때를 더듬으면
아물지 못한 생채기들의
딱지가 떨어진다

지겹게 찾아온 시련들
세월이 가도 상처는
가신님을
영원히 지울 줄 모른다

인체의 반응

살다 보니
팔팔하고 세련된 모습은
다 어디로 사라지고
엉거주춤한 걸음새
머리는 듬성듬성
목은 거북이 목
허리는 구부정히
다리는 팔자걸음
붉은 노을에 그을린
얼굴엔 건 버짐

왜
이 모양이 되었는가?
이빨은 다 빠져 틀니
몸은 찢어지고 뭉개지고
여기저기 고장이 나
삐걱거리고
꺾이고 휘어지고
엉망진창이다

참담한 압박
노쇠의 길에
주여!
이끌어 주소서

빙하는 역사 속으로

신비의 별
지구
미완이란 말인가?
수천만 년 다져온 빙산인데
관심 밖의 일이 되어
우레같은 소리를 내며
거대한 빙벽이 허물어진다

지구촌에 사는 사람들 욕심으로
길이 30km의 거대한 빙산이
일 년에 1m씩 사라지고 있다

미래의 모습이 암담하다
신은 아름다운 자연을 물려주었으니
인간은 지구라는 별을 지켜야 한다

극지방 빙하가 모두 녹으면
재앙은 걷잡을 수도 없이
지구촌의 생명체를 위협하고
마침내 혼란이 요동칠 것이고
모든 화살은 인간에게 돌아올 것이다

2부

참새와 허수아비

당신과 나

당신을 그려 봅니다
꽃이 아무리 어여쁜들
당신과 비교할까요?
젊음도 시간에 비켜설 수 없으니
서러워할 수 없습니다
그러나 당신의 향기는
온 집안 가득합니다
젊디젊은 매화 시절 희생으로
키워온 아이들 성장 시켰고
이제는 늘어난 주름만큼
거룩한 경험에
성숙한 삶의 지혜는
가을 국화 향과 같으니
고즈넉한 설야의 묵향처럼
당신의 향기
지금도
온 방 안 가득하다

5·18 영령들에게

그대여!
붉은 꽃이 흐드러지게 피었던
오월의 봄
그날의
엄혹嚴酷했던 함의含意
매일 밤이면 내 인생은
서슬이 퍼런 공포였다

한때는 비밀을 공유했던
그대는
그냥 주어진 인연은 아니었고
정의와 사랑
생존과 자유
그리고 인권을 위해
젊음을 바친 투쟁이었다

지금은 무엇 하나 그대를 위해
해줄 수 있는 것은 없지만
서로 마주 보며 웃을 수 있는
부활의 참다운 의미를
생각하지 아니할 수 없다

인생의 해는
붉은 노을 속으로 기울고 있는데

무엇을 욕심내며 무엇을 하겠는가?
자유와 인권
이젠 가슴에 생채기를 내며
그대들의 넋을 위해 기도하며
살다 가련다

* 함의(含意) : 말이나 글 따위에 여러 뜻이 담겨있음
* 엄혹(嚴酷) : 엄하고 모질다

가을 여인

시월의 파란 하늘
하얀 구름 두둥실 미소 짓고
속삭이는 갈바람에
나도 따라
붉은 낙엽이 되어
떨어져 내린다

낙엽은
시속에 당신이 되어
혼인날 받아 놓고
억새밭에서 내 무릎 베고
사랑을 주는
가을 여인

우수수 옷을 벗고
뒹굴며
애틋한 첫사랑
고백의 언어 위에
사랑의 음표 남기고
떠나는
가을 여인

머뭇머뭇
망설이는 동안
내 가슴 멍들게 만들어 놓고
둔탁한 하늘빛 몰아내며
돌을 던지고 떠나는
가을 여인

그래서
시어를 주고 싶어
떠나는 오늘이 마지막인가요?
산기슭에 걸터앉자
한잎 두잎 날리는
오늘 밤이 끝인가요?

떠나는 네가 섧구나

떠나는 봄

봄 햇살 장롱 속에
고이고이 있다가
이불과 함께 다시 나와
마른 가지 끝에 나오는
새 삶들

질곡의 넋 위에
노랑 유채꽃도
번데기 탈피하듯
예쁜 꽃으로 환생한다

그래서
골짜기 바람 좀 쐬고
한 바퀴 돌고 오다 보니
곳곳에서 숨소리
부풀리며

연두색에서 초록으로 변모한
잎 새들
아우성치는 산야에
잠행한 봄바람
벌써 저만치 가고 있다

봄 그대

잠 못 드는 그대에게
기다림이 가져다준 그리움
언젠가 밤처럼 조용히 오실 그대
눈을 감고 음미합니다

꼭 오실 거죠
보고 싶어요. 그대 사랑
겨울 터널 지난 듯한데
예쁜 내 사랑 곱게 접어 보낼게요

사부작사부작 오세요
꿈처럼 그대 손을 잡을게요
오시는 그날까지
대문 밖에서 기다릴게요

이젠 사랑에 빠질 일만 남았네요

오월은 소리 없이 흘러간다

수많은 날
괴로움을
혼자서만 삭인 체
하나씩 비워낸 삶이

44년을 지나
내가 지금
여기에 존재함을
감사하게 생각한다

지나간 시간만큼
많이 단단 해지고
주변 사물들이
절망을 희망으로 안내해 준다

이제는
응원하고 격려해 주고
사랑해 주는 사람들이
제 곁에 많이 있으므로
행복합니다

오월은 오늘도
나의 음해 속에
소리 없이 흘러간다

사랑하는 친구야

친구야 나의 친구야
소중한 나의 친구야
의미 없는 말에 귀 기울이지 말라
무엇이든 생각하기 나름이다
정치적인 대화 나누다가
성향이 다르다고
카톡 방도 따로 만들고
비판하며 살면 무엇 하나

사랑보다 우정이 더 깊은
우리는 친구 아니더냐
우리 세상과 싸우지 말자
이젠 서서히 석양이 보이고
이미 우릴 앞선 친구도 있지 않으냐
가슴 아픈 말은 하지 말자
인생 살고 보니 별거 없지 않으냐
수많은 역경을 견뎌내고 여기까지 왔다

우리 학창 시절 맺은 친구가 아니더냐
가식 없는 진실한 마음
그것이
최고의 아름다움 아닐까?
친구야!
우리 좋은 사이 아니던가
편견과 오해와 질투 속에서 벗어나
저 하늘 별이라도 따줄 수 있는
그런 친구였으면 한다

친구야!
사랑한다

늙어가는 아내에게

꽃 같은 젊은 처자 대려다가
마른 꽃으로 만들어 버린
사내의 마음 너무 아프다
보상할 수 없는 힘든 세상
차가운 바람이 불어온다

고왔던 피부
식탁 위에 쌓여가는 약봉지
이젠 세월이라고 불러도 될
세 치 머리카락

여보
우리가 그렇게 익었나요
호박은 늙을수록 아름다운데
생각이 깊어집니다

당신도 모르고 자식도 모른
쫓기던 그 시절
고생시킨 내가
미안하고 죄 많은 사람입니다

지금은
자연스러운 삶인 것을
더 즐겼으면 하는데
기다려 주지 않은 세월

여보
눈가에 늘어나는 주름살
반백 년을 삭혀 제대로 맛을 내는
사랑에 감사합니다

애증愛憎

내 삶을 끌고 가는 너
타인이면서
지인이고
싫어하면서
좋다 할 수밖에 없는
운명적 관계인 너

맑고 흐린 날씨처럼
삶의 빛깔도
좋다가 밉다가
양면의 거울 하나 쥐고
삶의 일부가 되어버린 너

한 뿌리에서 나왔기에
잊는다고 잊히겠나?
뒤돌아서면
그 자리인걸
아이고
언제나 떨어 질려나
원수 같은 놈

오월의 비

깊은 밤
그대 숨소리 잦아들 때

시련과 아픔을
씻어 줄 건만 같은
오월의 비

어린 봉오리에 맺히는 순간
오동통한 잎 새 활짝 펴진다

한 방울
목축임이 간절할 때
잎 새 가슴 흔들어 닦아내 보니
피눈물이네

소낙비

입하가 지난여름
비지땀이 날 정도는
아니지만
안양천 둔치 장미원
원두막 벤치에 앉자

냉커피 손에 들고
조금은 사치하게
달궈진 몸 식히며
여유를 부려본다

갑자기 쏟아지는
소나기!
싱그러운 초록 잎 새
물을 뿜어 올리며
희망을 노래한다

저도 넋을 잃고
소낙비 발자국 따라
일부러 빗속을 걸어본다

기다림이 가져다준 봄

그리도 춥던 겨울도
부끄러웠는지 떠나고
이제 사랑할 일만 남은
봄!
잰걸음으로
서서히 오고 있네요

그 긴 기다림이 맞아주니
저 또한 반갑네요
햇살 한 줌에
저도 빠져 버릴게요

기다림이 가져다준 봄!

시인의 삶

자연은 시를 낳고
리듬 소리 들려오는 거기서
물과 음악과 시를
멋진 예술로 승화시켜
소리 없는 울림으로 엮어간다

고뇌 속에
찬란한 꿈은 시로 만나고
짊어진 무거운 삶
정해진 것은 아니지만
글 없이 살 수 없는
힘겨운 삶의 고찰이다

우주의 중력처럼
밀고 당기는 사랑이 있어
지웠다 썼다 반복하며
음악이 되어 만나고
무수한 화살이 되어
모진 세월 견디며 살아간다

우주 만물 사랑 속에
시와 음악 없이 살 수 없고
입 없는 말
떼려야 뗄 수 없는 삶!

지나가는 세월 대신 읽어주고
노래해 주는 세속의 삶이여

시인의 삶 어디쯤 가고 있을까?

오월이 오면 그리운 사람

샛별은 떠나지 못하고 있는데
불쑥 떠오르는 사람
세월의 길목에 서서
오월 새봄을 기다린다
그리움 그건
목마름보다 더 안타까운 일
보이지 않아도 함께 있고
들리지 않아도 함께 있는
그는 바로 당신의 영혼입니다
인생길 덧없는 길
세월 따라 오월은 또 왔다
오월의 꽃은
누구를 위해 피었는가?
정겨웠던 모습들은
다 어디로 갔나
피눈물 맺힐 정도로
밀려오는 서러움
진정한 봄은
민주주의가 꽃이 피는 것
은밀하게 남겨 두었던
아픈 조각들

결코 비울 수 없는
반짝이는 추억의 발자취
잠시만 내려와 줄래요
기다림이 유성 되어
마지막 희미한 불빛이 될지라도
나와 잠시 같이 있어 줘요
그림자는 빛이 있어야
성립되는 것을
나는 있는데
당신은 존재하지 않으니
시간은 어느 덧(44년)
붉게 타는 노을에 피
그때 그 투쟁이 애잔하다

여기서 당신은 윤상원 열사를 비유한 글입니다

여명

여명이란
밝아오는 아침이 있듯이
둥근 태양
동녘 저편에서 떠오르고

못다 한 사랑
못다 한 노래 되새기며
석양의 연기 가슴에 담고
술에 취한 노을 넋처럼

빛바랜 오늘
산 이슬 머금은
솔밭 사이로
삶의 애환이 함축되어
꽃잎에 맺힌 이슬
곱기도 하구나

유정有情

젖은 그리움
불리고 계실 그대
생각만 해도
내 마음마저 주고픈 그대

비처럼 적시고
비처럼 씻겨간
그 고운 정
혹시 다시 올까?

기다려지는 애처로운
그리움
내 인생 다 바쳐도 모자랄
그대는 누구십니까?

* 유정(有情) : 1. 인정이나 동정심이 있음 2. 마음을 가진 살아있는 중생

이별

아프고 슬프고 괴로움도
인연이 정해진 것처럼
지워지지 않는 이별은
어떤 고난도 이겨 내야 한다

처음에는 아프지 않을 줄 알았지만
세월이 흐르고
내가 볼 수 없을 때
아픔이 자라기 시작한다

세월 속에 밀려오는
사랑과 그리움의 아픔
만남과 이별이 숙명이라면
관조할 수 있었던 게 아닌가?

벼랑 끝에 선다 해도
아픔을 다스려야 하는 이별
떼놓을 수 없는 연민을
마시게 하네

* 관조(觀照) : 고요한 마음으로 사물이나 현상을 관찰하거나 비추어 봄

낙엽

내 인생 익어가듯
죽어서 다시 태어날 생을
예약하고 있는 터라
떠나는 걸음 한결 가볍게 보인다

낙엽은 희망이 있고
아름다운 색조가 있고
찬양하는 노랫가락이 있고
부활의 언약이 있으니
숭고함이. 이리도 위대한지요

붉게 입술 바르고
추락을 꿈꾸는 잎 새
우리에게 아낌없이 주고
떠나는 자연의 순리와 흔적

사랑이 참 아름답습니다
한 점 그리움 뒤로 두고
초연히 사라지는
네 이름은 낙엽!

보고 싶은 얼굴

어디를 가야 볼 수 있을까요?
지금은
영혼을 지탱해 주시고
내 마음속에만 계시는
그분

천년을 하루같이
애달픔과 괴로움
그리고 고뇌
번뇌마저 닮고 있다

그러나
하늘을 향해
애타게 부르짖어도
돌아오는 메아리는
피멍이 되어
눈가에 이슬로 맺히네

탱자나무

아주 예리한 가시가 있고
꽃이 아름다워
향기가 넘치는 꽃
탱자나무

생긴 건 못생겼어도
검게 말라가면서도
향은 탱자의 생명이다

쇠꼬챙이 같은 가시가 달려
울타리로는 적격이었던 너
지금은 산업 발전으로
사라져간 너

탱자 과 열매는
너의 뿌리가 아니면
탱탱하고 맛있는
열매가 영글 수 없으니

탱자 너 없는 세상
생각만 해도 아찔하구나

참새와 허수아비

시대의 변천 따라
허수아비 옷차림도 많이 변했다
익살스럽고 장난기 넘치는 허수아비!
입술에 립스틱 짙게 바르고
양 옷소매 펄럭이며
참새와의 적인 듯하면서도
동지인 듯 노니는 참새와 허수아비

그래서인가요
요즘 참새들은 친구처럼
밀짚모자에 앉아 놀기도 한다

무서운 천적 황조롱이
하늘에서 정지 비행하자
놀란 참새 가족
병정 참새 적신호에
낮은 포복으로 위기를 모면한다

숨죽인 참새들 보초병
비상 해제를 외치자
난상 토론하는 소리 요란하다

허수아비 넓은 사랑을
알고 있나 보다

사랑합니다

사랑은 어린애 같아서
칭찬과 격려를 해주면
무럭무럭 자라서
사랑과 감사가 익어간다

하나님!
오늘 크고 깊고 넓은 선물인
오늘을 주서서 감사합니다

따뜻한 커피를 마시며
창문 사이로 맞이하는
아침 햇살을 주서서 감사합니다
부모와 형제자매를 사랑합니다

때론 가슴 찢어지는 아픔을
위로해 주는 친구를 사랑합니다
모두 살아 있는 것과
죽어가는 것들을 사랑합니다

맑은 공기와 푸른 하늘을 사랑하고
바다도 사랑합니다
사랑할 것들이 끝이 없네요
하루하루 매 순간을 감사하며
나 자신까지도 사랑합니다

멈추지 않은 시간

숱하게 걸어온 발길
누가 지워 버렸을까?

변신을 꿈꾸어야 할 지금
어스름한 창가에서
난 왜
잿빛 하늘 멍하니 바라보며

멈추지 않은 시간 따라
쏟아져 내릴 별 무리에
마음 던지며
통곡하고 싶은 마음인지
소리 없이 시간만 따라가네

그렇게 절규하는 마음이라면
차라리 따라가라
허공에 걸어둔 바람 따라

삶은 악보 같다

고난 속에 희망을 찾는
사람은 행복한 사람이다
인생을 생각하는 감성!
생의 악보만큼
굴곡의 변화도 없을 것이다

우리의 삶
그렇게 요동치며
이렇게 저렇게
이어 가는 듯합니다

인생의 처절한 기복
나의 삶처럼
엎치락뒤치락
한 치 앞을 볼 수 없다

감성이 기복이 있듯이
수군대는 지난 이야기
덤벙덤벙 살 수 없는 삶
운명이 달라지는 쌍곡선은
인생의 삶이 아닐까?

고운 단풍

붉게 타들어 가는 산하
실안개 솟아오르는 계곡 사이로
단풍이 오라고 손짓하면
낙엽 되어 같이 지면 좋겠다

인생도 자연을 닮아
고운 햇살 고운 하늘
고운 단풍 고운 가을
고운 마음 이쁜 마음

자연이 있고 사랑이 있고
열정이 있고 그리움이 있는
유난히도 예쁘게 물들어 가는
단풍 닮을 삶을 살고 싶다

3부

———

너를 보내면서

봄이 오는 소리

내 마음 예쁘게 치장해야
봄도 이에 질세라
땅을 비비고 올라오는
노란 복수 초

봄의 소리가
가늘게 들리자
어느새
산수유도 터치하고 있다

긴 밤 한 주름 비에
홍매화도 하늘 문 열고
맑게 고인 물엔
삼월의 달빛이 곱구나

고군산 군도의 우정

새만금 방조제를 들어서니
선유도 갈매기가
우리 친구들을 반갑게 맞아준다

웃고 떠들고 노래하며
길과 길
섬과 섬 길에서
녹아내리는 우정의 정담

육십 년 지기 친구로서
못다 할 말
답답한 이야기
우정을 마음으로 녹여내고

기쁘고 즐겁고 슬프고
아픈 마음 달래며
장자도의 밤은 깊어만 간다

친구야

운무가 장자도 대장 봉 산허리
감싸고 있을 때
너의 마음 내 마음 한 마음 되어
정상에서 묵은 짊다 내려놓고
남긴 이야기들

영원히 길이 남을
소중한 친구였다
남은 세월 후회 없이 잘 살 자구나

사랑한다. 친구야

부부싸움

남자와 여자
하늘이 맺어준 인연 덕에 만나
한 가정을 이룬다

다툼
어이없으리오
사랑싸움인데

부부싸움
그게 어쩌면
관심 깊은 흔적인 것을

다퉈도 좋아
같이 있으니 나는 좋아
칼로 물 베기인데

타시락타시락
둘이 있으면
세상이 다 우리 것이니

바보야
네 것이 네 것
내 것이 다 네 것인 것을

사계四季의 변화

사계四季의 경계가, 애매한 증거로
봄이라는 계절은 꽃을 내밀며
요동치듯이 변해간다

온난화란 변칙다운 기후 변화
너무 일찍 왔다가
너무 짧게 피었다지는 봄꽃
달려온 시간을 생각하면
너무나도 안타깝다

내 가슴의 봄
아직은 더 담고 싶은데
어느새 절반은 지고 있다

어찌 보면
이 무지막지한
세상을 닮았나 싶기도 하다

고물고물 오는 벚꽃
내공으로 단련된
그 힘 다 어디로 가고
봄비 내리는 그 순간
꽃비로 변해 버린단 말인가

지금 시들고 지는 향기
놓지 않으려고
많은 번뇌를 하지만
우리는 자연을 통해
인생을 깨닫고 반성해 본다

그리움

詩 없이 달뜨는 가슴
그리움 걸어두고

가슴 한편에
지지 않은 마음에 별 하나

아프고 슬프고 괴로워도
지워지지 않는 쓰디쓴 기억들

인연이 정해진 것처럼
생과 사도 피할 수 없구나

검은 밤
차가운 별빛만이 쏟아져 내린다

산

산에 올라 대자연에 파묻혀
잠자는 구름 되어
누구든 반기고
언제든 품어주는 고마운 산

누구에게도 편견이 없고
무한 베풂으로
안식을 얻고 치료하는
감사한 산

사랑과 그리움으로
버무린 시간
마음조차 정갈하게 해주는
녹색 숲에서

내 삶 비우고
가슴속 선함 남기고
빈손으로 내려오네

향수

유년에 살던 내 집은
그림자가 작품이 되고
그림자가 예술이 되는
전형적인 추억의 초가삼간이다

석유 등잔불 아래
이 잡는 우리 어머니
서캐 등잔불에 태우면
냄새와 함께 깨 볶는 소리

무정한 세월
개발로 뭉개진 고향
유년의 향수는 사라진 지 오래고
흔적조차 짓밟힌 슬픔뿐이다

부푼 마음으로 찾아보지만
영혼의 그림자마저
밟을 수 없는 발길
이제 어디서 찾아야 하나

바다 냄새가 물씬 나고
주렁주렁 열린 감나무
그 고향이 그립다

나의 인생길

인생이란 긴 길 가다가
무심결에 뒤돌아보면
자꾸만 초라한 생각이 든다

이제 누더기가 되고
삐거덕삐거덕
뼈마디 부딪히는 육신
밤마다 몸을 뒤척거리며
헐떡거리며 달려온 지난날을 생각한다

그대여!
서로의 허물 덮어주고
우리 서로를 다독이며
울고 웃으며
남은 인생길 함께 갑시다

시련이 닥쳐오더라도
그러려니 하고
어깨동무하고 함께 갑시다

이젠 얼마 남지 않은 길
다정히 손잡고 함께
쉬엄쉬엄 가다 보면
자갈길도 나오고
황톳길도 만나겠지요

우리 이젠 싸묵 싸묵
함께 갑시다

성애 꽃

소한과 대한이 물러가고
유난히 추웠던 어느 겨울
유리창에 핀. 눈물 꽃

말없이 왔다가
동이 트면
소리소문없이
눈물만 남기고 떠나는
너

들여다보는 눈길마다
아픈 과거를 감추고
하얀 눈썹 꽃을 피워
깨달음을 주고 떠난다

행진

누구나 인생은
홀로 떠난다

아무리 가까운 반쪽이라도
떠날 때는 홀로
떠나가기 마련이다

인생은 연습도 없고
고갯길이 많았던 나도
마지막 열차는
목적지를 향해간다

내 인생은 나의 것
누가 대신해 줄 수 없다
나는 나이니까?

내 인생 내가 힘차게
행진한다는데
누가 막을 수 있을까?

어차피 혼자 행진할 인생

사랑받고 싶은 꽃

숨이 막힐 것 같은 사랑
사랑은 꽃과 같아서
한눈팔면 시들어 버린다

갈 길 바쁜데
이 독한 어지러움
사랑받기 위해 피었는데
잎보다 먼저 피어버린 너

줘도 줘도 더 주고 싶은
차고 넘치는 사랑
아픔을 말하지 않고
행복을 먼저 준 사랑

사랑은
그래서 착각 속에서도
서로 곁에 머무르는
꽃과 향기인가 봐

너를 보내면서

너를 보내면서
얼마나 괴로운 줄 아느냐?

그놈의 사랑 땜에
설레던 가슴
혼자 다독이곤 했었다

너와의 지난 추억
바람에 실려 보낸다

너를 보내야 하는 까닭은
사랑도 잠시 머물다 가기 때문

무심함을 탓하지 말라
그래도 한때 사랑에 빠졌으니까

기다림

기다림은
간절한 염원이 있기 때문이다
힘든 삶을 살아갈 때
당신을 얼마나 기다렸는지 모른답니다

힘든 세상을 이 악물고
견디고 견뎌
여기까지 왔습니다

몇 번이고 한없이
외쳐 보지만
당신은 대답이 없습니다

미안합니다
아버지께서 청각장애인 이어서가 아니라
제가 청각장애인이 되어서
느낄 수 없었답니다

그래서 어젯밤 내 품 안에 안으셨습니까?
다음 생에는 말하지 않아도
들을 수 있는 가슴 하나 꼭 준비하렵니다

힘든 삶
당신 발아래 내려놓습니다
아버지! 사랑합니다

석양

서녘 하늘
황금빛으로 저물어 가는
숭고한 석양
마음에 담아 봅니다

산 이슬 머금으며
석양도 슬슬 졸고
솔밭 사이로
그림자도 누우니

바람도 살랑살랑 엎드린다
서녘 하늘
기러기 떼 날자
슬그머니 석양도 잠을 청한다

아침 이슬

아침 이슬
그 속에 시가 있고
삶이 있고 사랑이 있습니다

환한 어느 날의 바람처럼
세상을 훑고
꽃비도 아닌 것이
체읍이 되어

하얀 밤 뒤척이다가
꽃 마음 살짝 적시고
공기처럼 가볍게
자연으로 회귀한다

* 체읍 : 소리를 내지 않고 눈물을 흘리며 슬피 움

변심 變心

이별
처음에는 아프지 않은 줄 알았습니다
변심
세상이 그렇게 미울 수가 없었습니다
한땐 그가 그렇게 좋을 수가 없었는데
아주 저만치 네가 볼 수 없었을 때
그때 서야 아픔이 자라기 시작했다
서로 등을 돌리고 가슴 아파했던 날
하얗게 밤을 지새웠지만
돌아오는 것은 그를 향한 증오뿐
지금도 너무 가슴이 아파
간절한 소망을 빌어봅니다
사람이 사람을 미워하는 것은
죄악임을 알면서도
그가 그렇게 싫어지는 것은
자신이 옹졸함이 이다지 치졸한 것을
큰마음으로 허물도 벗고 너도 벗고
산다는 것은 애증이 교차한다는 것을
변심이 주는 서로의 상처에 대하여
그가 떠난 다음에야 알았습니다

누구라도 먼저 손잡을 수 있는 여유를
남기는 사람이 되어보자고
큰마음으로 다짐합니다

우정과 사랑의 선물

우정은 하늘이 준 선물
오늘도 바람은 부는데
파란 하늘 아래 뭉게구름이
한가하게 머물고 있다

가만히 바라보니
하늘에 계시는 친구가 보인다
나지막한 목소리와 웃는 모습
친구를 안은 듯한 포근한 만남의 기억

우정과 사랑은
마르지 않은 샘물과 같아서
세월이 흐를수록 보석처럼 빛나고
날이 갈수록 자라고 커지는 것 같다

친구의 선물
크든 작든 받았던 선물은
무한한 우정과 사랑으로
비수처럼 가슴으로 파고든다

조그마한 손수건 하나라도
별거 아닌 과자봉지 하나라도
카톡으로 보낸 커피 한잔이라도
받는 이는 뭉클한 맘이 생기고
오래도록 간직하게 된다

서로 느끼는 우정과 사랑
마음은 마음으로 이어진다
늘 정표로 준 선물은
변함없는 우정과 사랑이어라

친구(섭형)야! 사랑한다

꽃 구경

꽃 피는 봄이 오면
꽃향기 가득한 섬진강 매화
구례 산수유
청산도 유채꽃
꽃 구경 간다

겨우내 가슴 열어 놓고
티 없이 맑은 노란 웃음
곰 비한 순간 속에
바람에 출렁이는 너울
노란 꽃잎에 사랑을 적신다

그대 사랑하여
혹여 나비 날 거든
쉬었다 가라 하소

오월의 연가

오월
초록빛 향으로
익어가는 산하
엷은 진동으로
고뇌의 아픔 되어
밀려오는데

내 마음 흐트러지게
흔들어 놓고
친구처럼 연인처럼
천상의 화음으로
오월의 연가
그리움처럼 푸르구나

사노라면

우주를 가로질러 온 나
차마 지우지 못한 전화번호
아무도 지울 수 없는 일기장
자연은 관성의 법칙이 적용되나
인간은 삶과 죽음의 단어를 안다

삶에서 서린 흔적들
나는 많은 실패 속에
끝이 보이지 않은 추락을 경험했다
정말 추락은 힘들다
삶은 그렇게 이루어지며 산다

다행히 상승 기류에 몸을 의지해
지금의 정착지에 안착했다
그 기류를 만든 것은 나 자신이지만
많은 생각 속에
정답을 찾을 수 없었다면
지금은 어떻게 되었을까?

삶이 아름답다면 살아야 한다
나를 거부하지 않는 삶
막다른 골목에서는 돌아서야 한다
세상과 나를 위해

빛과 그대

빛이 없는 그대는
캄캄한 검정입니다

어둠만 존재하였다면
이 세상
그 아름다움도
불변의 진리가 되어
남아 있지 않을 겁니다

빛과 그대에서 오는 자연
우리 삶에 항상 공존하는
필수 불가결한 요소들입니다

틈새조차도
빛이란 그대 있어
얼마나 아름다운
세상인지 모르겠습니다

그 어느 것보다
견줄 수 없는
빛과 그대
영원한 사랑입니다

모닝커피

잠이 깬 아침
커피 한잔으로
뜨겁게 가슴을 데우며
새날을 힘차게 맞는다

그 향기
엔도르핀으로
뇌와 심장에 자극하여
활력을 주고

눈부신 아침
모락모락
스스로 내뿜는
향기 속으로

오늘 함께할 얼굴들
미소가 되어
순간 행복을 불러온다

가을

누군가를 기다리고 싶고
만나고 싶은 계절
떠나기 싫은 잎새들이
숨죽여 흐느낍니다

조용히 숨을 고르는
가을 끝자락
서리서리 맺히고
이렇게 또 가을은
안녕인가요

만남과 이별이 교차 되는
우리네 인생길
가슴에 품고 사는
그리움마저
홀연히 떠나는 가을입니다

가는 세월 땜에
따라가는 육신도 아쉬움만 남깁니다
그것은 마치
마지막 남은 잎새처럼
가지에 매달려 몸부림치는
곡예사 같은 내 모습입니다

친구에게 희망을

희망은 간결하고 소박한 일이지만
끝없이 달리는 고지이다
가지지 않는 것을 갖는 것은
힘들지만, 불가능은 아니다
그것을 알 때만이 이루어지는 것이다

꿈은 원대하고
이상理想은 힘차게 나래를 펼 때
그때는 기류에 몸을 맡겨라
좀 늦은 감은 있다만
모르는 일이지 않은가?

진실한 자에게는
이루어진다고 하였다
희망이란 말은 빛이고
인생이고 삶의 전부다

스스로 추락하는 것은 자신이다
자신을 버려라
추락하지 않을 것이다
나도 있지 않으냐

* 이상(理想) : 생각할 수 있는 범위 안에서 가장 안전하다고 여겨지는 상태

지금도 마음의 방에서 서성이는가?

눈앞에 보이지 않은
마음의 방 앞에서 서성이는
목마른 사내처럼
왜 고백하지 않는 걸까?

이젠 솔직히 말해보세요
못다 한 사랑
너의 몸 안으로
꽃 피우고 싶었던 간절함

서산 넘어 유리 바다에서
산들바람
하얗게 부서지는
사랑의 조각 모아

숨겨가는 노을 속에
두 몸 하나로 모으려고
간절하게 노래하던 너
지금도 그 사랑을 안고
마음의 방에서 서성이는가?

4부

———

겨울 노래

안양천 둘레길

장밋길

장미꽃

내 작은 꿈

갈색 추억

해후邂逅

희망과 여행

추억의 노래

낙엽의 노래

가을 사랑

꽃의 일생

여행은 사람을 만든다

찬 바람 부는 어느 날

겨울 노래

노을이 질 무렵

가을 바다

별과 나

5월의 무서운 불꽃

사랑한다는 건

기다림

과거를 회상하며

자유로운 외출

하늘과 바다

유월 덩굴장미

9월의 연가

안양천 둘레길

여름 한낮 오후
오늘도 변함없이
내 마음속에
하늘 일기를 쓰며
안양천 둘레 길을 걷는다

시원한 바람
자연이 숨 쉬고 있는 산책길에서
초록의 숲길과
함께 걷는다

어디서 날아왔는지
나비 한 쌍
개망초꽃 봉오리에서
더듬이를 내밀고
밀어를 속삭이고 있다

개망초꽃 샛길로
손잡고 걸어가는
노부부의 다정한 걸음
온갖 풀꽃들이
힘찬 박수를 보낸다

장밋길

가난한 마음
꽃봉오리로 눈뜰 때
살랑 바람 데불고
피톤치드를 마시며
장미 길을 걷는다

시원한 길 따라 걷다 보면
나뭇잎 스치는 바람 소리
귓전에 파문처럼 일렁이는
새소리
내 가슴 속에
분홍 장미꽃이 핀다

외진 길섶 꽃밭
사이길 야생화
꽃잎 사이로 스민
감추어진 이야기들
상상하며 걷는 즐거움

때론 원두막 쉼터에 앉아
흘러가는 뭉게구름 따라
장미꽃과 노닐다가
내일을 약속한다

* 데불고 : 데리고 가다 (경상도 사투리)

장미꽃

작년 오월
활짝 웃고 반기던 빨간 장미
오늘 가보니 외면한다

나라도 반가운 척
해야 했는데
나 또한

안 본 척
안 들은 척
지나갔다

며칠 후 다시 가봤더니
꽃잎이 한잎 두잎 떨어지고 있었다
-네 이놈들!
한때인 걸 모르고

잘난 척
이쁜 척
최고인 척하더니만

이놈들아!
화무십일홍花無十日紅이라는 걸
알아야 하느니라

내 작은 꿈

문학의 흔적은 기록이며
시는 작가의 얼굴이다
그 마음의 자리에는
惡(악)이 머물 수 없고
仙(선)만이 존재한다

숨어있는 언어들은
우리의 마음을 잇는 실

비울 것은 비우고
채울 것은 채우고
간직할 것은 간직하고
노래하며 살고 싶다

나의 작은 꿈
비워도 비워도 그대로 있고
채워도 채워도 항상 부족함은
문학의 일상 이어서

다시 채우는 일로
평생을 살고
혼자 탐험하는 시인이 되고 싶다

갈색 추억

갈색으로 물드는
가을날 서정
뛰어들고 싶은
저 환장할 수려!

나뭇잎 스치는 바람
옛 추억에 빠져
젊음의 버버리 깃 세우고
연인과 거닐고 싶다

마음 맞는 동행이 있을까?
커피 한 잔 나누며
머물 듯 시나브로 떠날
얄밉도록 아름다운 너
무한정 사랑하고 싶다

바라만 봐도 치유되는
갈대밭 위 기러기 울음소리 날고
갈색추억 서정적 분위기에
너와 나
아름다운 우정을 나누고 싶다

해후 邂逅

모른 척 돌아서 버린 세월
임 지난 길목에 서서
바람 속에 묻어버린
그 사연처럼
손이야 잡을 수 없어도
어깨라도 나란히 하며
같이 걷고 싶은 사람

모른 채 보낸 마음
지난날의 뉘우침을 반추한다
별빛 사라지는 새벽처럼
숨은 듯 희미해져 가는
내 사랑아!

만약에
지금 내 사랑 앞에서
청신호를 밝혀 둔 체
해후하는 모습
꿈이라도 좋으니
우리 함께 걸어봐요,

* 해후(邂逅) : 오랫동안 헤어졌다가 뜻밖에 다시 만남

희망과 여행

내 삶의 목적
미래의 희망을 적어본다

꿈은
간결하고 소박하지만

희망이라는 말은
빛이고 인생이며 삶이다

육신의 끝자락까지 부여안고
가야 하는 푯대

지구촌 어디 메에 가더라도
겸손과 마음의 평화를 유지하고

여행하면
이루는 길이 될 것이다

육신을 데리고 가는
그 삶의 끝자락까지

추억의 노래

빨간 저녁노을
불타는 사랑의 대서사시
밀려오는 파도에
올올이 새긴 붉은 사연

그때 그 시간
작디작은 나의 존재
가슴 사무치게
그리움으로 파고든다

하나둘 꺼내 보며
입가에 미소 짓게 하는
아름다운 그때 그 순간들

이제는
아련한 추억으로만 남는다

낙엽의 노래

천지가 아름다운 계절
산과 들이
갈색으로 물들어 간다

바람에 가벼이 날리며
푸른 하늘에
내가 써놓은 편지
뭉게구름에 붙이고

짧은 생
급류에 휘말려
나 이제
그대 곁을 떠나지만

넉넉한 마음
자연의 사랑받으며
이제 나는
본향으로 떠나가네

가을 사랑

가을은 단풍잎이 꽃이다
쓰디쓴 블랙커피 한잔 속에
가을이 차고 넘칠 때
어디론가 떠나고 싶어진다

무슨 청승일까?
낡은 육신 마음은 아직도
솔바람 솔솔 날리는
소년의 감성을 불러오니
가을도 나이도 같이 짙어간다

이렇게 무르익어 가는 가을은
우리에게 낭만이란 풍성함을 안겨주고
머물 듯 시나브로 떠날
얄밉도록 아름답기만 한 가을
소년 시절 육신을 기억하고 있을까?

텅 빈 하늘이여!
모질고 모진 세상
얼굴 붉게 젖은 주태백이
괴롭히는 기운들
타는 잎새 힘없이 사라진다

* 시나브로 : 모르는 사이에 조금씩 조금씩

꽃의 일생

신록의 계절
문득 낯 익은 향기가
바람결에 실려 오니
푸르름으로 가득한
유월이 오네요

시간의 골목길
담장 넘어 찔레꽃이 지니
마음 깊이 품은 영혼 다독이며
붉은 장미가
내 마음을 유혹한다

날 위해 찾아준 꽃길
정으로 피우고
화려하게 핀 채로
대가 없이 주는 사랑
받는 마음 참 기쁘다

열흘여 지나면
꽃의 일생에 쌓이는 시간 들
아까운 생을 불태우고
진자리 새터 기약하고
가녀린 바람결에 돌아가는 꽃

살아서 쉬는 숨결
함께하고프니
진 꽃
핀 꽃 쉬이 가지 마라
애원하지만

화무십일홍花無十日紅이라
계절의 섭리가
만들어 논 약속을 지키라 하니
꽃을 무덤으로 보내는 마음
자연이 미울 뿐이다

여행은 사람을 만든다

자연과 철학이 있고 과학이 있는
온 우주가 여행지입니다

이길 저길 걷고 걸어서
수평의 일상을 뒤집는 것이 여행이요

여행은 또 다른 나를 찾아서
낯선 곳에 이르는 걸음이다

삶의 성숙을 향한 여행은
인생 최고가 아닐까요?

그리고 진정한 내 모습을 보이기에는
혼자 여행이 최고라고 하지만

혼자 동행이 있건 없건
인생은 어차피 나그네 아닌가요?

목적지도 없고 과정만 있는
인생 그 자체가 여행이어서

여행은 경험이 많을수록
그만큼 삶이 훌륭한 인품을 지닌다

그래서 여행은 사람을 만든다

찬 바람 부는 어느 날

찬 바람 부는 어느 날
온난화로 인해
내리지 않던 눈이
오늘따라
그리움처럼 내린다

모처럼
설레는 가슴 달래기 위해
잊었던 임이
행여 오실까 하여
무작정 지난날에 걷던
강변길을 나선다

내 그림자를 지우며
뒤따라오는 바람이
등을 치며 하는 말
사랑하면 아픔이 먼저 오고
못 보면 애가 타는 법이란다

맺혔다 지는 것이
어디
사랑뿐일까?
미움도 원망도
언젠가 사라질 터인데……

겨울 노래

환상적인 화음으로
장단에 맞춰
하얗게 변하는 아침
눈 쌓인 강변을
거닐어 본다

찬 바람은 불어오고
찾는 이 없는 강변
지휘자 없는
연주 소리 들린다

겨울 강변은
바람마저 숨죽이고
혼자만의 애달픈 소야곡
사랑의 변주곡 되어

품격 높은
갈매기 울음
새로운 화음이 펼쳐진다

노을이 질 무렵

여름이 소리 없이
멀어져가고
문턱에선 가을
세월은
수많은 사랑을 남기고

오늘도 내일을 향하여
허공에 걸어둔 바람 따라
또 다른 사랑 찾아 떠납니다

사랑은 목마른
영혼의 나그네일 뿐
이젠 사랑도 더 못 해 보고
막을 내릴 건가요?

석양 같은 서러움
하염없이 솟는 눈물
어쩜 속이 후련해집니다

검버섯 낀 노을이
소리 없이 다가오다가
남은 세월 삼키며 떠납니다

가을 바다

가을 바다는 세상을 이룬다
드넓은 파도를
만드는 것은 바람이요
일렁이는 파도를
잠재우는 것은 모래성이다

가을 바다는
우리에게 주어진
낭만과 슬픔
허무뿐만 아니라
거시적 의미를 내포하고 있다

바다만큼 깊은 사랑이
또 어디 있을까요?
때론 열정적으로
때론 말없이 잔잔하게
탁 트인 세상을 만든다

가을 바다는
우리의 몸과 마음
영혼을 다 받아주니
마음의 안식처가 아니던가!!

별과 나

낮에는 숨어있다가
밤에 빛을 발하는 너
순수, 그 자체다

너로 인해
고맙게도
아프던 내 마음이
착 가라앉지 뭐냐

잊지 못할 고운 사연
누구에게 비치려고
밤 깊도록 노래하나!

은하수에 뿌려진
한줄기 유성
너와 나
마음속 깊이 남으리라

5월의 무서운 불꽃

산 넘고 강 건너
계곡 사이마저
절벽과 단애가
몸을 가로막고 있는데,

5월의 무서운 불꽃
온갖 장벽을 뚫고
불순물을 게워내며
상처를 치유하고 있다

겨우 두름길 넘어
가장 어두운 곳에서
세월 숫자도 잊은 채
나 여기까지 왔는데

지금도 나를 음해하고 있으니
행복은 자유로움인데
그 누가 말했잖아요
과거를 묻지 말라고

눈물도 많이 흘렸건만
나의 삶 한쪽 길 내어주며
세상이 지금은
날 일으켜 주고 있다

* 단애(斷崖) : 깎아 세운 듯한 낭떠러지

사랑한다는 건

사랑한다는 건
나를 비우고
나를 버릴 줄 알아야 하는 것

사랑한다는 건
받는 사람도 좋지만
주는 사람도 그지없이
행복함을 주는 것

사랑한다는 건
세월이 형장으로 사라진다 해도
또 다른 내일을
사는 이유가 되는 것

사랑한다는 건
꽃과 같아서
다가오는 낯익은 향기처럼
돌같이 딱딱한 인간도 부드럽게 하는 것

기다림

와야 할 사람 기다림은
행복이요
오지 않아도 될 사람 기다림은
고통이다

애간장 녹이는
기다림
누가 위로해 줄까?

기다림의 세월
아침 이슬 되어
내 가슴에 맺히게 한다

과거를 회상하며

지나온 삶
막힌 혈류를 뚫지 못하고
심장 한쪽에
웅크린 내 삶의 우듬지여

기척도 해 볼 새 없이
현실에 쫓기어 온 길
모든 시련
내 혈 자리 풀어주지 못하고

심장에서 빼느라
액체 없는 눈물만 흘렀다
덧없는 세월
흐르고 또 흘러

웃는 것도 아니고
우는 것도 아닌
지나온 가시밭길

서산 노을 속에서
과거의 삶 회상하며
세월의 초침만 세고 있다

* 우듬지 : 나무 꼭대기의 줄기

자유로운 외출

일시적 충전을 위해
자유를 얻어
고향으로 외출한다

보약 같은 일탈
행복한 날갯짓
음악 타고 날아간다

모처럼 찾아가는 고향
오라는 곳 없어도
갈 곳은 많다

넉넉한 마음 하나면
어디에 머물 듯
자유롭지 않을까?

모처럼의 자유
남은 희망과 용기
혼자라도 좋으니

세월이라도 낚아보자

하늘과 바다

지구상에
붉은 수평선과
파란 하늘이 대조적이다

하늘이 구름을 불러오면
바다는 폭풍우를 불러온다

하늘과 바다
지지고 볶아도
돌아서면 화해하고

둘은 떼려야 뗄 수 없는
존재이기에
앞에서 걸어가면

뒤에서 따라가는 이미지처럼
하늘과 바다는
이성과 닮아있다

언제 봐도 아름다운 하늘
보고 또 봐도 아름다운 바다
우리들의 연인과 똑같다

유월 덩굴장미

탄생의 위대한 유월
활짝 피어나던 순간
피눈물과 융합되어
붉은 피를 토해낸다

그의 향기 그리워
홀로 있는 나에게
네가 와서
함께 했다면 얼마나 좋았을까?

자연스레 노래하며
내 앞에 나타나면 좋으련만
마음속 풍경으로만 나타나니
애절하고 쓸쓸할 뿐이라네

그리움도 일종의 사랑인데
그 사랑의 본질은
아름다운 풍경이 되고
삶의 에너지가 되는 것을

켜켜이 쌓인 그리움
내 사랑 덩굴장미
순수함을 엿보이며
붉은 생명 울타리 타고 오르네

9월의 연가

긴긴 여름날의 이야기
모두 쓸어 담아
흰 구름 두둥실 떠다닐 때
내 그리움도

서산 노을에 묻어가고
무덥던 여름
이제 한숨 돌리려니
구월이 오고 있네

초가삼간 지붕 위
퍼걸러에
떡하니 드러누워
튼실하게 익어가는 둥근 박

알토란같은 평화 누리고
높아진 파란 하늘
서늘한 바람 솔솔 부니
아 ~ 가을이 가는구나

* 퍼걸러 : 마당에 덩굴 식물을 올리기 위해 설치한 시설

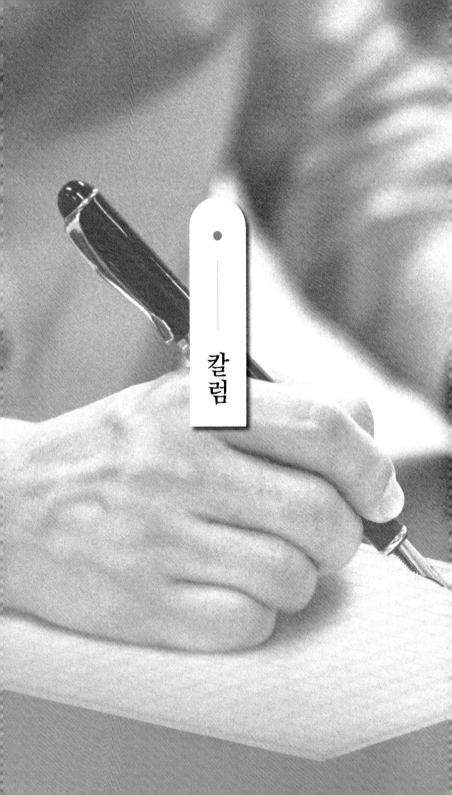

칼럼

퇴물 기자의 오래된 스크랩

1980년 5월 민주화 투쟁의 중심인물들
(2014년 04월 09일(수) 광주일보)

4월 7일은 신문의 날이다. 58회 신문의 날 표어는 '시대가 빨라질 때 신문은 깊어집니다. 신문의 날, 나는 23년간 신문기자 생활을 하면서 써 모았던 신문 스크랩을 정리했다. 시리즈물과 칼럼 등이 대부분이었는데 모두 불태워 없애고 두 꼭지만 남겼다. 70~80년대 엄혹했던 시절, 행간에 민주주의 염원 같은 시대적 함의含意를 숨기느라 가슴 조이며 썼던 칼럼들이, 지금 읽어보니 아무런 감동도 없었다.

생선 썩는 냄새만 났다. 생명이 없는 글을 남겨 두고 싶지가않았다. 시간은 불안했던 역사의 아픈 흔적마저도 빛을 바래게 하는 것인지도 모른다. 남겨 두기로 한두 꼭지는 〈밑바닥〉과 〈새봄에 말한다〉 시리즈다. 〈밑바닥〉은 내가 대학교 때 좋아했던 막심 고리키의 작품 〈밑바닥에서〉의 제목을 딴 것이다. 1966년, 입사 다음 해부터 시작한 〈밑바닥〉에서는 '다리 밑 가족' 역 대합실 가족' 등 집이 없어 은신할 곳을 찾아 부초처럼 살아가는 가족의 삶을 취재했다. 그 시절에는 광주천 모든 다리 밑에는 방을 만들어 살거나 공동묘지 주변에 움막을 치고 사는 가족들이 많았다. 〈새봄에 말한다〉는 1980년 3월 3일부터 매주 토요일 전면에 실은 인터뷰 시리즈다. 꽃이 피는 봄이 왔지만. 사회적 분위기는 여전히 서슬 퍼런 공포로 꽁꽁 얼어붙어 있었다.

신군부 독재 시절, 불안과 긴장 속에서 국민들이 정치적 봄을 애타게 기다리던 때였다. 나는 이때 법정 스님, 문익환 목사, 홍남순 변호사, 문정현 신부, 지정환 신부, 김관석 목사, 이훈섭 가톨릭농민회 감사, 김영업 해직 근로자, 최현식 동학 기념 사업회 회장 등 민주화 투쟁의 중심에 섰던 인물들을 찾아다녔다. 이들과의 인터뷰를 통해 민주주의 가치를 확인하고 그 가치를 이 땅에 실현하기 위한 이들의 처절한 몸부림을 보여주고 싶었다. 그때 만 해도 용기 없이는 불가능한 취재였다. 1980년 3월 3일, 송광사 불일암에서 첫 번째로 만난 법정 스님(당시 48세)의 첫 마디는 '진정한 봄은 민주주의 꽃이 피는 것'

이라면서 새 역사의 문이 열리는 진정한 봄이 되기를 기원한다고 했다. "같은 물이라도 소가 먹으면 우유가 되고 독사가 먹으면 독이 된다. 칼은 사람을 죽이기도 하지만 살리기도 한다."며 은유적으로 군사독재를 비난했다. 두 번째 만난, 광주 민주화 투쟁의 대부 홍남순 변호사(67)는 "법은 천사의 손처럼 부드러워야 하며, 정치가는 역사를 바르게 이끄는 사람이어야 한다고 강조했다. "만일 사람이 악한 일을 하고도 심판을 받지 않으면 결국 하늘이 반드시 징벌한다는 장자의 말을 인용해 군부독재를 경계했다. 문익환 목사(65)는 "정의와 사랑이 없는 나는 무無 이고 우리가 겪은 고난은 값진 역사"라면서, 감옥에서 만났던 사람들의 이야기를 해주었다. "나는 똥을 먹으면서 외치고, 동료 직원들을 위해 피를 흘린 그들에게 인권이 무엇인가를 배웠지요. 십자가를 진다는 뜻이 무엇인지를 깨달았습니다." 문정현 신부(41)는 부활의 참다운 의미는 민중 의식의 승리라면서, 가진 자는 없는 자를 쳐다볼 줄 알아야 한다고 했다." 지학순 신부와 같이 김지하 구명운동을 하다가 감옥에 가서 김지하 시인을 만났지요. 그때 김 시인이 내게 〈장일담〉張日譚과 〈말뚝이〉라는 시를 구상했다면서 그 내용을 이야기해 주었어요. 장 일담은 백정 아버지와 창녀 어머니 사이에서 태어나 도둑 질을 하다가 감옥살이를 했고, 풀려나자 계룡산에 들어갔지요.

그는 세상의 도둑들과 소매치기와 거렁뱅이 들을 모아 놓고 '하늘은 밥이다. 별은 밥이다.'라고 소리쳤답니다. 하늘은 혼자만 볼 수 없듯이, 밥도 혼자만 먹을 수는 없는 거지요. "군사정부로부터 추방 위기에 놓여 있었던 벨기에 출신 지정환 신부는 한국이 어느 정도 경제성장을 했으나 빈부의 격차는 더 심해졌다고 비판했다. 또한 김관석 목사(58·당시 CBS 사장)는 진정한 언론은 역사의 칼이어야 하며 언론이 역사의 칼이 되기 위해서는 민중 언론이 되어야 한다고 강조했다. 〈새봄에 말한다〉는 80년 3월 3일에 시작해서, 5·18을 일주일 앞둔 5월 10일에 끝났다. 이 인터뷰 시리즈를 취재하는 동안 나는 하루하루를 긴장과 불안에 떨어야 했다. 그로부터 34년이 흐른 2014년의 봄, 산과 들에는 꽃이 흐드러지고, 도로마다 꽃구경 인파로 넘치고 있다. '언론의 자유' 대신 '언론의 깊이'에 대해서 생각해 보는 이 봄, 우리가 되새겨 보아야 할 것은 "하늘은 밥이다."라는 말이다. 이 시대의 진정한 봄은 가진 자와 없는 자가 차별 없이, 함께 하늘을 보고 함께 밥을 먹는 세상이 아니겠는가. 〈소설가〉

시집 해설

김영업의 시집 『시인의 숲』 사족蛇足

묻혀버린 민주화의 화신化神, 시의 숲에서 재탄생

김관식 (시인·문학평론가)

1. 프롤로그

80년 광주민주화운동에서 중추적인 역할을 했으면서도 철저하게 묻힌 인물로 살아야만 했던, 김영업은 민주화의 유공자란 월계관도 쓰지 못하고 묻혔다가 반세기가 지나서야 시인이 되어 시를 쓰면서 아픔을 삭이며 진실의 벽 앞에 섰다.

그러나 역사는 힘이 있는 자의 것으로 역사적으로 외면당한 진실은 밝혀지더라도 또다시 잊혀져야 한다. 증언할 사람들이 모두 다른 세상 사람으로 묻혔기 때문이다. 그의 민주화 운동의 과거는 민주 투사들이 잠든 망월동으로 묻혔다. 저세상 사람들이 된 동지들과 똑같이 그의 영광은 망월동에 묻혔다.

육신은 살아서 묻힌 민주화의 화신이 되어 떠도는 이 방인이 되었다. 그는 민주화의 화신이 되었으나 묻힌 영광은 그를 아픔이 되었다. 시를 쓰며 울분을 삭이며, 시의 숲에서 혼자 소리친다. 마치 신라 경문왕 때 복두쟁이가 말 못 하는 괴로움에서 벗어나고자 아무도 없는 대밭으로 들어가 "임금님 귀는 당나귀"라고 외쳤듯이 말이다.

여기 네 번째로 펴내는 그의 시집 『시인의 숲』에 사족蛇足을 달며 그의 내면의 목소리에 귀 기울이고자 한다.

2. 묻혀버린 민주화의 화신化神

묻혀버린다는 것은 자신이 타인들에 의해 잊혔다는 것이다. 광주민주화운동의 민주투사로 활동하면서 너무 큰 비밀 속으로 그는 묻혀야 했다. 근 반세기를 숨죽이며 지켜보아야만 했다. 그 사이 세상을 많이도 변했다. 그는 숨죽여 살면서 생업에 종사하면서 틈틈이 시를 써왔다. 이제 네 번째 시집 『시인의 숲』에서 숨어 살아온 자신을 내보인다.

1) 시의 숲에 숨은 민주화 음해 집단의 희생양
- 제1부 시인의 숲

독재자의 간교한 음해공작으로 반국가 행위를 한 간첩 누명을 쓴 희생양이 되어야만 했던 그는 시의 숲에 숨어 시를 쓰며 살아왔다. 이제 명백히 진실이 밝혀졌지만, 오랫동안 그의 거짓 소문은 지금도 그를 괴롭혔고, 민주화의 유공자 명단에서 제외되었다. 당시 죽지 않으면 안 될 상황에서 군부의 희생양이 되어야 했다. 그는 어둠 속에서 철저하게 갇혔다. 오직 생업을 위해 묵묵히 일하면서 틈틈이 시의 숲에서 시를 쓰면서 울분을 삭여왔다.

제1부에서는 5·18 광주민주화운동을 겪은 일들에 관한 회상의 글이 실려있다. 신분을 밝힐 수 없이 묻혀 살아야만 하는 이유를 밝힌 「김영업은 누구인가?」, 반세기가 지나도 잊히지 않는 「5월의 기억」, 「꿈도 사랑도 마음이 시킨다」, 「자유란 무엇일까요」, 「5월이여!」, 「5월의 그날」, 그 아픈 경험을 묻혀두고 빠르게 흘러가는 시간 속에서 과거와 현재의 자신의 모습 바라보고 인생의 무상을 노래하는 「자꾸 가을이 가시려고 합니다」, 「이별」, 「인체의 반응」, 「애상에 잠긴 인생」, 「새 생명이 오는 소리」, 시를 쓰며 가족과 함께 소박한 생활인으로 살아가는 모습과 그러한 삶을 예찬하는 「당신과 나」, 「용감한 당신」,

「유혹」, 「세상에서 가장 아름다운 사람」, 「사랑하는 누나
야」, 「하늘과 바다」, 「가을 속으로」, 그리고 친구들과 우
정을 나누며 여행을 다니며 여행하면서 느낀 감상과 우
정에 대해 생각해보며 벅찬 감회를 기록한 「남미 크루
즈 여행 중에서」, 「한배 탄 인연」, 「비밀의 공중도시」, 「
돌이라는 그대」, 「우정」, 「빙하는 역사 속으로」 등을 담
고 있다.

그가 지난날, 민주화 운동의 중추적인 역할을 했으면
서도 묻혀버려야만 했던 자신의 존재에 관한 이야기를
과거 퇴물 기자의 오래된 스크랩을 통해 다음과 같이 밝
히고 있다.

소설가 문순태의 「퇴물 기자의 오래된 스크랩-1980년
5월 민주화 투쟁의 중심인물들」이라는 아래의 칼럼에서
시인의 숲 「김영업은 누구인가?」가 대략 밝혀진다.

〈새봄에 말한다〉는 1980년 3월 3일부터 매주 토요일
전면에 실은 인터뷰 시리즈다. 꽃이 피는 봄이 왔지만,
사회적 분위기는 여전히 서슬 퍼런 공포로 꽁꽁 얼어붙
어 있었다.

신군부 독재 시절, 불안과 긴장 속에서 국민이 정치적
봄을 애타게 기다리던 때였다. 나는 이때 법정 스님, 문익
환 목사, 홍남순 변호사, 문정현 신부, 지정환 신부, 김관
석 목사, 이훈섭 가톨릭농민회 감사, 김영업 해직 근로자,

최현식 동학 기념 사업회 회장 등 민주화 투쟁의 중심에 섰던 인물들을 찾아다녔다. 이들과의 인터뷰를 통해 민주주의 가치를 확인하고 그 가치를 이 땅에 실현하기 위한 이들의 처절한 몸부림을 보여주고 싶었다. 그때만 해도 용기 없이는 불가능한 취재였다.

- 2014년 04월 09일(수)『광주일보』문순태 칼럼 일부

　그는 민주화의 화산이었음에도 철저하게 묻혀 오월이 오면 아웃사이더의 슬픔으로 자신을 달래야 했다. 그는 생업에 종사하면서 그를 이해해주는 친구들과 어울려 여행을 하면서 역사의 뒤안길로 사라진 자신의 초라한 모습에 연민을 느끼기도 한다. 여행은 자신에게 많은 깨우침을 주기 때문에 그는 국내와 해외여행을 즐기며 생활해왔다. 민주화의 화신이었음에 더 생업에 종사하면서 가족과 함께 소시민으로 시인의 숲을 거닐며 과거의 상처를 스스로 치유하며 살아왔다.

봄의 시작과 함께
나는 시를 쓴다.
숨어있던 시어들이
숲을 찾는다.
그래서 시인의 방은 숲이다.

그 작은 숲에서
슬픈 마음 다 떠나보내고
길 따라 향기 따라
이정표 없는 길을
조용히 걷는다.

힘들면
숲에 가서 말을 붙들고
오손도손 이야기하고
기쁘면
손잡고 길을 따라
나는 시를 노래한다.

비 오는 날엔
추억 삼아 가슴 고이 새겨둔
작은 숲에서
하나하나 꺼내어
가슴에 모아 본다.

-「시인의 숲」 전문

「시인의 숲」은 그가 군사독재의 폭력에 맞서 싸운 민
주투사였으나 응당 대접받아야 할 민주화 유공자에서
소외된 살아온 은둔의 장소이다. 그는 역사의 뒤 안 길에 묻혀 시인이 되어 시를 쓰면서 시인의 숲에 은둔해서 살아왔다. 시인의 숲은 그가 지난날의 트라우마를 치유하는 공간이며, 타자에 의해 은둔이 강요된 과거에 대한 용서와 화해의 공간이다. 음해 집단의 끈질긴 추적으로 민주화의 제물이 되어버린 그를 시인의 숲에 갇혀서 살게 했다. 그런 격리된 삶을 살아오다 보니 그는 민주화 유공자에게서 완전히 밀려나고 묻혔다. 그러나 진실은 변하지 않는다. 묻혀버린 민주화의 화신이었던 그가 당당하게 살아갈 수 있도록 모든 증인이 사라진 상황이지만 묻힌 명예는 반드시 되돌려져야 할 것이다.

2) 5·18 민주화 운동 활동자로서의 집단 트라우마와 불안감 표출 - 제2부 「참새와 허수아비」

  미국정신의학회의 정신장애 분류체계라고 할 수 있는 DSM-IV(1994)에서는 외상 후 스트레스 장애의 증상을 크게 3가지로 구분하고 있다.

  첫째, 재경험으로 반복적으로 외상적 경험이 회상되어 마치 트라우마를 입었던 당시 상황이 실제로 재현되어 실제 경험하고 있는 것과 같은 증상이 나타난다.

  둘째, 회피로 피해자가 의도적으로 자신이 겪거나 목격한 고통스러운 정서적 상황을 회피하는 것으로 나타난다.

셋째, 홍분(정서적 홍분)으로 피해자들이 겪는 과도한 불안과 홍분상태로 인한 수면장애, 놀람, 분노 등이 나타난다.

지크문트 프로이트는 그의 저서 『정신분석학의 근본 개념』에서 트라우마에 대해 외상성 신경증이라고 정의한다. 그에 따르면 외상성 신경증은 심한 물리적 충격, 철로 재난, 전쟁 등과 같이 생명이 위협받는 수 있는 사건을 겪은 후에 발생할 수 있다고 말하고 있다.

최근 우리나라에서는 처음으로 소설가 한강이 노벨문학상을 받았다. 그런데 한강의 소설 『소년이 온다』라는 5·18 광주민주화운동을 소재로 한 작품이다. 이 소설에 등장하는 인물들은 아무런 죄를 짓지 않았음에도 죽은 자에 대해 죄의식을 느끼고 형언할 수 없는 트라우마를 경험한다.

그런데 그때 중요한 인물로 활동했던 김영업 시인이야말고 살아가는 동안 트라우마에서 벗어나지 못한다. 민주화 운동을 하다가 죽은 자들에 대해 미안함과 당시의 국가폭력의 희생양이 되어 심리적인 불안감과 트라우마는 그가 살아가는 동안 그의 의식을 지배해왔다. 스스로 시를 쓰면서 치유를 하며 살아가지만, 불쑥 찾아온 불안감에서 그는 허덕이며 스스로 치유해나가지 않으면 안 된다.

그는 제2부에서도 5·18 민주화 운동 활동자로서의 집단 트라우마를 겪으며 불안감으로 살아온 그의 인생 편력이 드러난다. 5·18 민주화 운동을 하다가 죽은 자들에 대해 미안함과 그들을 추모하는 마음과 감사하는 마음을 노래한 시로 「5·18 영령들에게」, 「오월은 소리 없이 흘러간다」, 「오월이 오면 그리운 사람」, 트라우마를 벗어나기 위해 스스로 정서적인 치유하는 과정의 느낌을 기술한 「가을 여인」, 「떠나는 봄」, 「봄 그대」, 「애증愛憎」, 「오월의 비」, 「여명」, 그리고 이웃과의 인간관계 및 가족과의 단란한 생활 모습을 담은 「사랑하는 친구야」, 「늙어가는 아내에게」, 「이별」, 「보고 싶은 얼굴」, 「사랑합니다」, 혼자만의 외로운 내면세계의 자연과의 정서 교감을 노래한 「소낙비」, 「시인의 삶」, 「기다림이 가져다준 봄」, 「유정」, 「여명」, 「멈추지 않는 시간」, 자연과 견주어 인생의 의미를 해석한 「낙엽」, 「탱자나무」, 「참새와 허수아비」, 「고운 단풍」, 인생에 대한 철학적인 깨우침을 노래한 「삶은 악보 같다」 등 그의 시는 5·18 민주화 운동 활동자로서의 집단 트라우마와 불안감이 숨어있음을 알 수 있다.

시대의 변천 따라
허수아비 옷차림도 많이 변했다.
익살스럽고 장난기 넘치는 허수아비!
입술에 립스틱 짙게 바르고
양 옷소매 펄럭이며

참새와의 적인 듯하면서도
동지인 듯 노니는 참새와 허수아비

그래서인가요
요즘 참새들은 친구처럼
밀짚모자에 앉아 놀기도 한다.

무서운 천적 황조롱이
하늘에서 정지 비행하자.
놀란 참새 가족
병정 참새 적신호에
낮은 포복으로 위기를 모면한다.

숨죽인 참새들 보초병
비상 해제를 외치자
난상 토론하는 소리 요란하다.

허수아비 넓은 사랑을
알고 있나 보다.

  -「참새와 허수아비」전문

　　그는 자연현상을 바라보고 자신이 살아온 인생에 대
해 철학적인 사유와 나름대로 해석을 내린다. 참새로 대

변하는 욕망과 그 욕망을 제어하기 위해 속임수 방법으로 세운 허수아비를 대비해서 집단폭력자들의 난상 토론과 허수아비가 되어버린 지키는 자와의 관계를 설정하고, 방어하는 자와 침범하는 자가 "요즘 참새들은 친구처럼/밀짚모자에 앉아 놀기도 한다."처럼 속임수가 들통이 났을 때 서로 대립하지 않고 친구가 되어버린 상황과 침략자보다 무서운 세력이 등장하자 침략자들이 어찌할 바를 모르는 상황이 전개되는 3연의 "무서운 천적 황조롱이/하늘에서 정지 비행하자./ 놀란 참새 가족/ 병정 참새 적신호에/낮은 포복으로 위기를 모면한다." 상황을 대비하여 언제든지 역사는 상황이 뒤바뀔 수 있다는 역설을 편다.

주인의 명령에 따라 침략자를 속이기 위해 세운 허수아비는 맹목적으로 춤을 추기만 하면 되지만 불안감을 느끼지 않는다. 그렇지만 곡식들을 훔치기 위해 수확을 앞둔 논밭에 침략하려는 참새는 늘 불안하다. 황조롱이가 나타나자마자 집단적인 트라우마와 불안감에 집단이 동요한다. 이러한 상황과 견주어 5·18 민주화 투쟁 후에 트라우마에서 벗어나기 위해 온몸을 움직이며 생활 전선에서 주인이 시키는 대로 허수아비가 되어야 하는 자신의 모습을 허수아비로 상징적으로 보여주고 있다.

3) 우정과 소통의 중요성과 인간관계의 성찰 의식
    - 제3부 「너를 보내면서」

    제3부 「너를 보내면서」라는 "회자정리, 거자필반會者定
離去者必返"-모든 인연에는 헤어짐이 있고, 헤어짐이나 이
별 후에 다시 만남이 있다."라는 불교적 사유의 인간관
계에 대한 성찰 의식을 보인다. 우리는 살아가면서 많은
사람과 만남과 헤어짐을 반복하며 인간관계를 맺고 살
아간다. 국가적인 사건들도 생각의 차이에 비롯된 소통
의 단절에서 비롯된다. 같은 생각을 하는 사람끼리는 소
통이 원활하지만, 다른 생각을 하는 사람과는 대립하게
된다. 이때 서로가 대화를 통해 합일점을 모색해나가는
것이 민주사회의 인간관계이다. 상대의 의견을 존중하며
상대의 의견과 자신의 의견을 상호 비교하여 좋은 점을
찾아서 의견의 일치를 보는 것을 소통이라고 한다. 그는
친구들과의 우정을 소중히 하고 같이 여행을 떠나 화합
을 다짐하며 친구들과 소통을 한다.
    친구와의 소통을 위해 고군산 군도를 여행한 느낌을
기록한 「고군산 군도의 우정」, 「우정과 사랑의 선물」, 「친
구에게 희망을」, 부부간의 일시적인 소통이 단절한 「부
부싸움」, 부모와의 끈끈한 인연을 진술한 「기다림」, 자연
과 자신과의 관계를 통해 자기 성찰의 식을 그린 「봄이
오는 소리」, 「사계四季의 변화」, 「산」, 「성애 꽃」, 「사랑받고

싶은 꽃」, 「석양」, 「꽃 구경」, 「오월의 연가」, 「가을」, 일상
의 소중함을 진술한 「모닝커피」, 그리고 지나온 과거를
되돌아보며 삶에 대한 허무감을 노래한 「그리움」, 「나의
인생길」, 「행진」, 「아침 이슬」, 「사노라면」, 「지금도 마음의
방에서 서성이는가?」, 이 밖에도 다양한 인간관계를 통
해 느낀 상실감을 진술한 「변심變心」, 「빛과 그대」, 과거를
그리며 사향의식思鄕意識을 진술한 「향수」 등 살아가면서
자연과 인간과의 관계를 중심으로 시상이 펼쳐진다. 그
의 "회자정리, 거자필반會者定離去者必返"이라는 인생관을
대표하는 다음의 시를 보자.

너를 보내면서
얼마나 괴로운 줄 아느냐?

그놈의 사랑 땜에
설레던 가슴
혼자 다독이곤 했었다.

너와의 지난 추억
바람에 실려 보낸다.

너를 보내야 하는 까닭은
사랑도 잠시 머물다 가기 때문

무심함을 탓하지 말라
그래도 한때 사랑에 빠졌으니까

- 「너를 보내면서」 전문

    이별은 서로에게 아픈 기억으로 남는다. 우리는 모르는 사람이 만난 관계를 맺고 사랑을 나누며 살다가 헤어짐을 되풀이하며 살아간다. 세상의 이치는 모든 일과 인연을 맺으며 살아가는 인과율이 적용된다. 인과율의 필연의 법칙 아래 피어오르다가 소멸하는 그 반복성 사이에 우리는 잠시 존재하다가 사라진다.

    서로의 관계가 악연일 수도 있고 끈끈한 인연일 수도 있을 것이다. 악연은 많은 상처를 남긴다. 끈끈한 인연은 한 단계 성숙을 가져오기도 한다.

    헤어지게 된 인연을 다시 잇는다는 것은 자신의 의지대로 되는 것이 아니라 불교의 윤회설은 과거, 현재, 미래의 통시적인 연결망 속에서의 악행과 선행의 원인과 결과에 따라 일어나는 현상으로 보고 있다.

    미국의 데일 카네기는 『인간관계론』을 통해 사람과 원활한 소통을 이루어 자신의 입지를 굳혀 성공하려거든, 그것은 타인의 처지를 이해하고, 자기의 입장과 동시에 타인의 관점에 서서 사물을 보는 능력이 있어야 한다고 말하고, 이어서 "타인의 마음 상태를 이해하고, 남의 처지에서 사물을 볼 줄 아는 사람은 장래를 걱정할 필요가 전혀 없다."라고 말하고 있다.

이상과 같이 김영업 시인은 이 시집을 통해 자신과 관계를 맺고 살아가는 가족과 친구들, 그리고 여러 사람과의 관계 속에서 부대끼며 살아온 소감을 진술했다. 요약한다면, 제3부 「너를 보내면서」라는 우정과 소통의 중요성과 인간관계의 성찰 의식을 진술한 시편들이다.

4) 시인의 숲속에서의 느끼는 일상의 행복감
  – 제4부 「겨울 노래」

김영업 시인의 일상 중의 하나는 안양천을 산책하는 것이다. 그는 안양천을 산책하면서 자연과 계절의 변화를 실감한다. 안양천은 그가 실감하는 자연이요 그에게 심리적인 안정감을 선물하는 시인의 숲이다. 그는 안양천을 산책하면서 시상을 떠올리는 것이다.

「안양천 둘레길」, 「장밋길」, 「장미꽃」, 「찬 바람 부는 어느 날」, 「유월의 덩굴장미」, 「9월의 연가」, 등 안양천을 걸으며 「내 작은 꿈」을 꾼다. 작은 꿈은 바로 "나의 작은 꿈/문학의 길을 따라 걸으며/비워도 비어도 그대다./채워도 채어도 늘 부족하다."라고 허기증을 느끼며 시 쓰기에 전념한다. 때로는 「갈색 추억」을 떠올리기도 하고, 헤

어진 사람과 다시 「해후邂逅」하는 기쁨을 느끼며 희망을
품고 여행길에 오르는 것이다. 그의 어제의 일상은 「추억
의 노래」가 되고, 「가을 사랑」으로 다가오는 것이다.

　그는 여행을 일상의 즐거움으로 알고 실천한다. 그래
서 여행 소재의 시가 많다. 「여행은 사람을 만든다」라는
지론으로 「꽃의 일생」처럼 아름다운 삶을 가꾸기 위해
여행을 하며 자연의 소리를 듣고 「낙엽의 노래」, 「가을
바다」의 파도 소리로 화답한다. 따라서 그의 일상이 된
안양천의 산책은 자연에 귀의하는 심리에서 비롯되었으
며, 여행을 실천하는 것으로 확장되었다고 할 수 있다.

　　환상적인 화음으로
　　장단에 맞춰
　　하얗게 변하는 아침
　　눈 쌓인 강변을
　　거닐어 본다.

　　찬 바람은 불어오고
　　찾는 이 없는 강변
　　지휘자 없는
　　연주 소리 들린다.

　　겨울 강변은

바람마저 숨죽이고
혼자만의 애달픈 소야곡
사랑의 변주곡 되어

품격 높은
갈매기 울음
새로운 화음이 펼쳐진다.

　-「겨울 노래」전문

　바로 그가 부르는 「겨울 노래」는 자연의 노래이며 심
리적인 압박감을 해소하기 위한 치유의 노래이다. 따라
서 「노을이 질 무렵」, 노을을 바라보며 「별과 나」처럼 우
주 속에 존재하는 자신의 실존에 대한 철학적인 사유를
펼친다. 그는 여행을 통해 자연과 인간사에 대해 넓은 포
용으로 세상을 바라보는 지혜를 깨닫는 것이다. 「하늘
과 바다」에서 화해를 깨우치고, 「과거를 회상하며」를 통
해 「5월의 무서운 불꽃」과 같은 생명력으로 인간관계에
서 상처를 용서와 사랑으로 치유하는 지혜를 깨닫는 것
이다. 때로는 「자유로운 외출」로 일상을 일탈하여 고향
을 방문하는가 하면, 누군가를 「기다림」을 통해 심리적
인 위로와 치유하는 시인의 숲을 찾아가는 것이다.

사랑한다는 건
나를 비우고
나를 버릴 줄 알아야 하는 것.

사랑한다는 건
받는 사람도 좋지만
주는 사람도 그지없이
행복함을 주는 것.

- 「사랑한다는 건」 일부

시인의 숲속에서의 느끼는 일상의 행복감은 바로 자연과 인연을 맺고 살아가는 사람들과 뜨거운 사랑에서 비롯된 것임을 그는 역설하고 있다.

3. 에필로그

김영업 시인은 민주화의 화신이라는 과거의 행적을 숨기고 살아온 시인이다. 반세기가 다 되어서야 자신의 업적을 증명해줄 민주투사들이 모두 저세상 사람이 되어버린 현실에서 뒤늦게 묻혀버린 자신의 민주화 공적을 인정받지 못하고 역사 뒤안길로 사라질 상황에 놓여 있다.

"노병은 죽지 않는다. 다만 사라질 뿐이다"라는 맥아 더 원수의 말처럼 그는 죽지 않고 살아있는 증인이 되어 시인의 숲에서 자신을 치유하며, 뚜렷한 민주화 운동의 공적도 없으면서 단지 현장에 있었다는 이유로 유공자 로 자처하는 많은 민주화의 인사들에게 "참다운 민주화 의 화신은 죽지 않는다. 다만 사라질 뿐이다."라는 명언 을 실천하며 시인의 숲에서 은둔하여 고통의 나날을 보 내고 있다.

그가 시인이 되어 이번 네 번째의 시집 『시인의 숲』을 펴내게 되었는데, 이 시집에서는 그동안 말하지 못한 심 적인 고통과 트라우마를 해소하기 위해 살아왔던 그의 행적을 밝히고 있다.

이 시집을 한마디로 압축해서 말한다면, "묻혀버린 민 주화의 화신化神, 시의 숲에서 재탄생"이라고 할 수 있다. 그는 이 집을 통해 80년 광주민주화운동에서 중추적인 역할을 했으면서도 철저하게 묻힌 인물로 살아야만 하 는 억울한 시정과 시인의 숲에 숨어서 시인으로 살아 스 스로 치유하는 무소유의 삶을 실천해왔다. 그의 진실과 감동의 내면 의식을 표출한 『시인의 숲』에서 말하고자 하는 요지는 다음과 같다.

첫째, 제1부 「시인의 숲」은 민주화 투쟁 이후 민주화 음해 집단의 희생양이 되어 심리적인 압박감과 트라우 마에서 벗어나고자 하는 그만의 치유의 공간에서 반세기를 살아왔음을 밝히고 있다.

둘째, 제2부 「참새와 허수아비」에서는 5·18 민주화 운동 활동자로서의 집단 트라우마와 불안감을 시로 진술했다.

셋째, 제3부 「너를 보내면서」에서 그는 우정과 소통의 중요성과 인간관계의 성찰 의식을 보여주었다.

넷째, 제4부 「겨울 노래」에서는 시인의 숲속에서의 느끼는 일상의 행복감을 시로 진술했다.